愛情力はマドンナにあり。

勝田健

22世紀アート
22nd CENTURY ART

まえがき　タイトル「愛情力はマドンナにあり。」

思い出したくない話を、再び思い煩いながら、思い出すときがある。

「もう許してください」

と小学校低学年の女子生徒が両親に向かって残した最後の言葉である。

この少女は、もうこの世には、存在していません。

一日中、家に入れてもらえず、御飯を食べさせてもらえず、数日後に、痩せおとろへ、道端で倒れて淋しげな顔をしてまるで、「マッチ売りの少女」のように亡くなってしまったのです。

ニュースでも大きくとりあげられたので、記憶に残っている方もおられたでしょう。

亡くなった少女は、学校の授業が終了した後、友達と遊び家にかえり、部屋でゲームをしたり、テレビを見たりしている時間が多かったようです。

両親はそこのあたりを「なにをしているの勉強をしなさいよ。宿題をやったの、しらないから、」と注意をしたようです。
二、三回、繰り返して言ったそうです。

そこまでは、普通の家庭でもみられる様でしょう。その後、彼女はきちんと家に帰り勉強、学校の宿題をしていたのです。

その後、両親は目を光らせては、繰り返し繰り返し、「宿題やったの」で少女も「やっているから、」といささか反抗的になり、一、二回、学校から家に帰るとプイッと友達に会うために外へ出ていってしまった感じでしょう。

そこからが、両親が少女に向かって

「そんなに外に出て遊びたいのなら、もう家に帰えってこなくていい」

が、前に記した事件の発端につながっていったようです。

親としては何回も注意したが、子供心の変化、あまえに気づかず、家に入れない、御飯を食べさせない、の精神的苦痛という手段をとり、

「小さい時の躾《しつけ》が、一番大切なのでおこなった」

と悪びれずに、裁判の場で述べている。

すべての、大切な子供の生命を、何から、何まで躾《しつけ》、躾で奪ってしまったという言葉でかわす様が、少女が語った

「もう許して下さい」とオーバーラップして、胸を抉る。まったくもって親としての反省を何ひとつ

していない。

少女が夢みていた家族という団欒《だんらん》を失せてしまった原因がどこにあるのか理解しておりません。躾という時間の過し方を扱《しご》きという手段で成し遂げようと失敗してしまった。円卓のない家庭のそのままの図です。

この様な子供を育てる親の家庭は、世の中には、さほど多くはないでしょうが、この両親は子供が心から欲っする愛情の満ちあふれた家庭をつくるのに努力をせずに自らが家庭を崩壊させてしまった失敗作の類かもしれません。

知人の運命心理学を専攻している友曰く、「この世から生命が消えたとしても、魂は存在していますから、邪悪な行動をとった者は、死した後、得体の知れない獣が地獄におちた者の魂にむかい徹底的に迫り追いつめます。」

「蟻地獄の中でその魂は七転八倒　永遠に続く扱《しご》きです。地獄、地獄の繰り返しです。」

愛のある魂は、死した後、天の国で花咲く草原で友の魂と楽しく朗らかに語りあえるでしょう。

ついでですが、いま地球の巾の学校でのいじめとやらや、体育係の教師の扱きとやらの行為は、暴力はもちろんですが暗い洞窟の巾で大きな得体の知れない獣がその邪悪な魂に向かって食らいつき、なぶります。

愛情力の方程式は、なかなか式をつくるのは難しいのですが、ただ言えるのは、対象物にむかって生の気持で出会い、育てるのでしょう。その対象物からもらうものではなく与える心構えなのでしょうか。

小学校生にとっては、この世に生んでくれた両親が世界で一番の拠り所です。

愛情力のなせる技です。

目次

両陛下孤島四季訪ふ心沁む（今の上皇、美智子皇太后）

I

春

I　春

戦場に不条理に咲く薊かな

お隣りのハイビスカスは赤い大

我家のシクラメンとは小つぶ花

主なき憲法行く先に霞たつ

国があるには無法の砲に春はこず

声を出せずの薔薇の芽へ水をふる

蜆汁身じろぎさせぬ電車かな

白魚や舌にふるへる富士の山

湖の釣りしわかさぎ調理なんぎかな

啓蟄や虫仲間らのあいさつ時

日差し来て敦盛草の首もたげ

春風や北海道へ新幹線

氷海の船に乗りしも流氷見へず

風車カラカラまわり出番まつ

流氷や愛しクリオネはこぶなり

流氷やおきあみつんで南下する

山葵たっぷり寿司つまみたる父と母

父のこす君子蘭咲き忘れずに

庭先の紅に目敏とき椿かな

風光る絵馬の願いの親子づれ

消費税上げか止めかは鶯なかず

窓に来し長崎揚羽衣美し

花虻を露天風呂より見ておりぬ

光るまま打ちあげられし蛍烏賊

山蛙めがけて鴉急降下

花吹雪地蔵も装ひいなりけり

夜桜や老いも若きもみつめたる

花筏おぶつおしのけ流れゆく

河津桜のつややかさ枯れており

蛤や漁師おそわり足でとる

糸ざくら越後へぎそばすするなり

散るさくらベランダ模様えがくなり

しゃぼん玉円をえがきて虹をひく

百年を名なしで生きるクマザクラ

ふるさと納税楽しみひとつ納税期

東大寺きざはしに椿こぼれぬ

爪あげや腰のつかいに他人ほめる

花筵《むしろ》隣りの客と酒談話

花疲連夜のつかれ酒きらふ

遠足にひとりはぐれていつも泣く

春嵐母と別れの駅を発つ

同窓会わかれのち鞦韆《ぶらんこ》漕ぐ

磯焚火男まさりに股ひらく

海辺の店の焼きさざえけむりたつ

春嵐子らの学帽うばいとる

学舎の廊下たつ子の残花かな

「ありがとう」学校標語花水木

杉花粉白衣の天使悪魔かな

リサイクル花粉マスクのひとおおし

菜の花や大草原の王者顔

鮨屋にて海胆をたのむは女多し

春雨や濡れて勇まし風邪をひく

祖母の忌の祖母に供へる一番茶

「朧月夜」唱いながら母帰る

桜植樹世界へと家人はしる

緑の日妻のいぬ間に独り酒

Ⅱ

夏

向日葵《ひまわり》やオイル化ならず非愛心

亡き母の好みのひとつ枇杷の味

酷暑中、祈りと蚊、あれ狂う

献花にはひまわり他に死を悼む

蝙蝠が窓から入りて大あわて

蜘蛛の糸シルクに見えて編み心

夕顔や変化しだいで用をたす

新緑の消防車火中ポンプ繰る

薔薇園に元の恋人名見つけたり

小さき窓に顔出す鯉のぼり

泰山木の白い花家族視る

青嵐や露がおおくて嵯峨の里

母の日に白い花もち墓参り

原発の安全祈る鯰かな

梅雨寒や厠に入りて風邪をひく

更衣なんかいかへれば更衣

守宮きゅきゅ三階窓何代目

池に亀緋鯉は虫を捕へけり

金魚鉢猫見向きせず横になる

天道虫手の中深くさされけり

茄子漬や祖母の手づくり美味《おいし》かな

瓜冷やすまいど食むのは独りなり

白服や似合ふとほめるは家ばかり

ステテコや蚊におそわれて血にじむ

冷麦や滝くねくねとながれくる

夕立や小さきつぼみ落ちてくる

逃げ水や大きな塔がみえてくる

待ちこがれ噴水しぶきひとうつる

炎帝の子らが泳ぎて飛行ぐも

車中忘れのラムネあり喉枯渇

虎が雨黒塗りハイヤー国会へ

飛魚や飛ばねば網にかかるまい

蝙蝠に網をかけては夜逃げさる

アマリリス虫鳥顔出し御満悦

金閣寺黄金の文化孤高の夏

驟雨くるラヴェルのボレロ「洋輔」畏

合歓の花学び舎「まりこ」勝ちいたり

雨の胡弓に傘ささず風の盆

抜き手知らずに若者遠泳す

かき氷子らと向ぬて山と海

かき氷二人ならんで蜜の味

好事家や海辺の釣よりつり堀へ

やませ来る長きマフラー頬かむり

夜店の子景品とりて帰路いそぐ

夕立や吾子の頭に母の傘

心太きらりと光りて玼の絹

祭りの子母からはなれ走り出す

杜若風に吹かれて髪をとく

紫陽花や流鏑一矢めをひらく

風鈴や音に合わせて子らおどる

幼な子のひとり歩きは夏祭り

蛍てんめつこくこくと樹々そめる

蛍手の中ひんやりと光さす

夕立に干物ひけば陽そそぐ

炎帝に犬つれ男子帽子とぶ

打ち水や生あるようにうごきとび

散水車すずしき道をつくるなり

砂丘風紋浜木綿へ忍び足

真夏怪蹴球格闘善戦止

金魚玉風にゆられて名称変

川床に足をひたせば駒下駄流

ザリガニはザリガニえさとつりあげる

鬼灯市へ友つれて値まけおし

手花火や娘だまりて犬吠ゆる

別れの会の花氷とけてゆく

蚱蝉《くまぜみ》や樹々のてっぺん王者鳴く
向日葵の蕊にふれて馬車はしる
ミヤマクワガタ樹液吸い敵おとす
兜虫《かぶと》雌雄並んで早朝出
白蓮や鳥がよりても知らぬ顔

真夏夜岩がき食めば愉快なり

風鈴や「風の又三」がやってくる

男日傘なれぬ手つきに女にならふ

ベランダに足裏極暑干物飛

振込め詐欺の偽善術毒蛾なり

西日さしゴーヤ育ちを助けてる

熱風や子らの顔手をこわしそう

夏痩よ永遠につづけと祈る女子

向日葵やこうべかしげて未来みる

沖縄の真独立　でいごみつむ

落蟬や平成の夏終りかな

返しはなにか迷ふに間　胡蝶蘭

Ⅲ

秋

江戸菊や皇居の庭に生きている

うそ寒やサプリメントは個人の差

白露過ぎ国葬二つ義務と義理

望月に星になりけりエリザベス

バスに残され園児泣き芒《すすき》なく

エリザベス女王杯にいきている

名月やうさぎ追しは忘れてる

「敏老日」友とカラオケ楽しみに

かの国は蟋蟀《こおろぎ》鳴くも食べるとき

「スポーツ日」国民に問う賄賂よせ

蜩や想定外は虚にひとし

手つかみの蝗爪さしいたきかな

異邦人虫声うるさき耳かさず

朝顔のつややか蔓は空めざし

邯鄲や亡き友つれし庭に鳴く

異邦人箸の動きに秋の風

法師蟬夕刻鳴きてもたれもこず

鬼やんま鳥とびたてば急降下

萩いけて花瓶の色が気にかかる

鵙鳴くや歩く老婆はこしのばす

鈴虫を育てくれしの友は逝き

白菊を仏前供へ鐘ならす

輪おりておそし朝顔終電車

鵙鳴くや庭の小犬が吠へるなり

友と泳ぎし砂浜は秋の海

夕闇の黒富士にあふ蕎麦の花

盂蘭盆会たれの会なの子らがきく

流灯よいづこへ行くのあわれなり

八・一五横浜空襲おもひだす

柘榴《ざくろ》われルビー赤色庭にちる

猿の腰掛腫傷効く友食むや

鴫来るや汽笛の音がきこへくる

銀やんま川の飛翔まがり捕る

よいよいと宵闇かへる老婆かな

葡萄狩り連れあとに子らが孫つれる

川べりの他の花知らぬ芒かな

白粉花車庫のみぞから顔を出し

亡き人の邸宅まどに大文字

小津監督の「彼岸花」情愛多

露草や風雨につよしたへている

富士の山子らと語らふ野分かな

名月や歩きつかれて道まよふ

夕月や亀の甲羅に光さす

夕月や「おいでやす」の舞妓はん

地球よりわかれし月の謎おおし

烏瓜ももにぬりつけ徒競走
渋柿を鳥ついばむや緑葉下
金木犀にほいきついと遠まわり
胡桃わり歯で割く友は特技なり
銀杏の実道にふみつけないている

「なおみ」の泪コートから稲穂たれ

運動会のパン食いは苦いかな

新米の来し日をまつの妻の顔

芋煮会どこの諸人知らぬ顔

新蕎麦の一口食ひや舌しみる

月白や試験当日浮かぶなり

新酒でる長き行列酒におい

お別れの菊の供花に香りあり

魁夷《かいい》「道」「残照」「波濤」「初紅葉《はつもみじ》」

夜業終へ友と一献胃のくすり

「加山雄三」演歌転秋くれる
サフランや日本で育ち世界一

Ⅳ

冬

Ⅳ　冬

初雪に大病患者夢をみる

よみがえる熊本城に鷹が舞う

マスク選びはいろいろと楽しけり

今亡き師匠侘助自慢懐かしき

雪かきの腰のもつれに犬吠える

値があがり寒さおとずれ音をあげる

ブロッコリ冷凍ものは歯にかたい

神無月出雲駅伝華やかに

大谷《（ML）》の投げ打つ駆ける鷲がとぶ

屠蘇つぎて顔にでるうちまだ子供

立冬の心もてなし和の料理

ひとり住居老宅石蕗の花

しぐるるや地下道歩き迷い道

流行の毛皮まとひて銀座ゆく

ちゃんちゃんこ身にあわずとも着せられて

窓にとびくる枯蟷螂光消ゆ

山茶花に名優の名一輪さす

鰭酒の熱き温度をききにけり

葱買うて鍋の時刻に間にあわす

雪国のシャッター通り犬の糞

蝦蛄仙人掌年月すぎて開花せず

坂道のきざはし紅に寒牡丹

狐火や子らはゆらぎに青白く

別れびとがけにたちいて雪の華

さくさくの音色くりかへ霜柱

部屋ごとに酸素与ふるシクラメン

河豚ちりを吾と君刻おしむ

芋やきの薪に栗いれ叱らるる

白き息はきつつ学童門にいる

そば屋にて蕎麦湯出さぬ店ふゆ

早朝の学童走り息白し

鼯鼠の木木の飛行に子ら拍手

他人恋しシャッター通り雪つもる

日向ぼこ校庭わき剣玉ふる

卒塔婆ゆれなくなくきこへ虎落笛

大雨きしにげ場なし冬の蝶

氷柱おち殺人現場すじおもふ

土砂水害に山眠り目をさます

初氷うすきとほして葉の芽みる

凍土中眠る兵士の姿あり

「かにかま」の赤きいろトマトパプリカ

ずわい蟹《かに》バイキングには酒のめず

牡蠣さく女子の手さばき魔術かな

朝市の鰰《はたはた》売る女のしわしわ手

鮟鱇の腹さきみれば真鯛みせ

蜃気楼冬の海洋あらわれる

侘助庭に一風姿茶人ぶり

スモッグや校庭しらせ窓しめる

オリオンのうるわし天へ羽生翔ぶ

旬の魚と鮪鰤しょくじにぎわし

枇杷の花実に化するの待ちこがれ

冬眠の猟夫の猟は不意打可

冬帝や雷おとし出番まつ

ポインセチアの花と苞子おそわる

釣り人の目のさきあるは波の花

ダイヤモンドダスト撮りし場競う女

掛取に上司夕には席をたつ

久闊の人より歳暮あわつなり

極月のあめんぼうには寒しらず

「第九」ひく義兄逝きて除夜の鐘

譲葉や米中のいがみ憂ふる

亥年迎へし新カオス地蔵尊

羽子板にのるスターめまぐるし

初詣神社めぐりは毎年卦

賀状数子らはふえ夫婦へる

なみなみの屠蘇手にしてはこぼれけり

初場所の熱気大もめごと多し

福寿草根ぐされ気にし水やらず

破魔矢くべ祈りたたずみ灰になり

どんど焼き太鼓あわせて拍手とり

初護摩をつらなり受けて猿芝居

両陛下皇室外交仁実

あとがき

表題の愛情力という語句に対して、そこに百人という人々がおれば、百通りのそれぞれの愛情力そのものが発生するかもしれない。

既婚者であるならば家族愛、子供が生まれれば子供愛が呼ばわりされるし、もし独身者だったならば付き会う友人愛、つまり多くの人々にとっては親子の愛という切っても切れない愛が存在してくる。学問を通しての学問愛だって重要な愛が誰しもにも発生してくる。師弟愛も強い絆から誕生してくる。兄弟がおれば兄弟、姉妹愛だって重要な愛であろう。

つまりそれぞれの愛は、情という言語がなくては、愛情力は生まれてこない。

ただ、このような縁がない独りぽっちの愛だってあるだろうと反発が出てくるかもしれない。

私の友人の中には、結婚をしてみたが、どうもうまくいかずに一人の生活をいきいきと過している悲しくない友人がかなりいる。

その中には、毎朝、朝起きたらすぐに花に水をやったり、犬と散歩したり、独り楽しんでいる。猫を飼っていたり、鳥、金魚、亀を飼っていたりして、「おはよう」「よくお留守番をしていたかい」と相手にうまく通じているかどうかは忖度しがたいが、独りぽっちの悲しい姿は見受けられない。そこには他人が入る余地がない愛情力が発生しているのだろう。

つまりは、人間同志でなくとも相手にできる対象物があるのであって、過ぐる日々を、ボーとして過しているのではない。

このような生き物を相手にするのではなければ、一人ぼつねんを癒せるのは、テレビ、ラジオ、ゲーム、スマホがあるので、周囲がとかく言うすじあいはない。

いろいろと愛情力という概念をなぞって思考していくと、仮りに、五十年、七十年を独りぽっちの過し方を共通して支えているのは、音、つまり音楽に共通しているようだ。

広い世界のコンサート、クラシックではなしに敢えて独断で述べるならば「愛」が付随してくる曲のような気がしてならない。

「愛」が奏でる曲を、歌謡曲に限って探ると、でてくるわ、でてくるわ、である。

まずは、かつて老若男女の大ヒット曲は、若かりし頃の吉永小百合、浜田光夫の映画の主題歌「愛と死をみつめて」今でもＤＶＤで購入してみる客がいるそうだ。

後には、これまた今、聴いても胸を打つ、美空ひばりの「愛燦燦《あいさんさん》」。続いて「愛の奇蹟」「愛の讃歌」

「骨まで愛して」「愛のさざなみ」「愛の迷路」「愛のフィナーレ」「愛のためいき」「海 その愛」「誰かが誰かを愛してる」等々である。「愛人」という曲もある。

人間の脳裡、心の中にいつまでも残る言語が愛があって他人に対し向かってゆく言であろう。他人に対してやさしさがでてくる語である。

俳句集の中に出てくる「戦場」なる憎悪をかき消してしまうのが、愛情力のゆえんであろう。孤独であってもこの愛はいつも傍でまっているのであって消える語ではないのは確かである。

俳句の五・七・五は、コロナ化の世、ロシア対ウクライナの戦争、元総理大臣の暗殺、宗教と政治、多くの難事の中でどこまで攻められたか。

二〇二三年は、五黄の寅で出来事が多々あった。

「寅のあと卯でなおるかと年初来」

たかが俳句、されど俳句

勝田　健

22世紀アートの久保田純平（企画課）氏と家人の勝田春子（料理研究家）の二名にはこの本の執筆にさいしてさまざまな助言、協力を仰ぎ謝意を表します。

【著者紹介】

勝田健（かつた・けん）

1942年　東京都北青山生まれ。
(社)日本能率協会(財)流通経済研究所、大宅壮一マスコミ塾を経て週刊誌記者後、フリーライター、ジャーナリストの肩書で経済中心企業モノを執筆。

愛情力はマドンナにあり。

2023年7月31日発行　　著　者　勝田健
発行者　向田翔一

発行所　株式会社22世紀アート
〒103-0007
東京都中央区日本橋浜町3-23-1-5F
電話　03-5941-9774
Email: info@22art.net　ホームページ：www.22art.net

発売元　株式会社日興企画
〒104-0032
東京都中央区八丁堀4-11-10 第2SSビル6F
電話　03-6262-8127
Email: support@nikko-kikaku.com
ホームページ：https://nikko-kikaku.com/

印刷
製本　株式会社PUBFUN

ISBN：978-4-88877-234-1